Dieses Buch gehört:
LILLI

Tanya Stewner wurde 1974 im Bergischen Land geboren und begann bereits mit zehn Jahren, Geschichten zu schreiben. Ihre Kinderbuchserien um Liliane Susewind und die Elfe Hummelbi sind Welterfolge.

Marlene Jablonski wurde 1978 in Danzig, Polen, geboren. Im Jahr 2000 erschien das erste ihrer inzwischen fast 90 Kinderbücher: »Hamster Hektor«. Heute lebt sie als freie Schriftstellerin in Berlin.

Mila Marquis erschuf schon als Kind phantasievolle Traumwelten mit Stift und Pinsel. Seit ihrem Modedesignstudium an der HAW finden ihre Ideen als Postkarten, Porzellan oder Kalender viele Fans. Sie lebt glücklich in Hamburg.

Folgende Bände sind in dieser Serie bereits erschienen:

›Liliane Susewind – Ein kleiner Esel kommt groß raus‹
›Liliane Susewind – Ein Meerschwein ist nicht gern allein‹
›Liliane Susewind – Viel Gerenne um eine Henne‹
›Liliane Susewind – Ein Nilpferd auf dem Zebrastreifen‹
›Liliane Susewind – Extra-Punkte für den Dalmatiner‹
›Liliane Susewind – Schwarze Kater bringen Glück‹
›Liliane Susewind – Ein kleiner Hund mit großem Herz‹
›Liliane Susewind – Drei Waschbären sind keiner zu viel‹
›Liliane Susewind – Ein Eichhörnchen hat's eilig‹
›Liliane Susewind – Ein Pony mit Flausen im Kopf‹

Weitere Informationen zum Kinder- und Jugendbuchprogramm der S. Fischer Verlage finden sich auf *www.fischerverlage.de*

Marlene Jablonski

Liliane Susewind

Ein Pony mit Flausen im Kopf

Nach einer gemeinsamen Idee von
Tanya Stewner und Marlene Jablonski

Mit farbigen Bildern
von Mila Marquis

KJB

Mehr Informationen, viele Spiele und Rätsel rund um
»Liliane Susewind« gibt es hier:
www.liliane-susewind.de

›Liliane Susewind – Ein Pony mit Flausen im Kopf‹
ist auch als Hörbuch im Handel erhältlich,
mit einem »Lilli«-Song von Tanya Stewner.

MIX
Papier aus verantwortungsvollen Quellen
FSC® C012536

Erschienen bei FISCHER KJB

Hedderichstr. 114,
D-60596 Frankfurt am Main
Umschlaggestaltung: Schiller Design, Frankfurt am Main,
unter Verwendung einer Illustration von Mila Marquis
Satz: Pinkuin Satz und Datentechnik, Berlin
Druck und Bindung: Christian Theiss GmbH, St. Stefan im Lavanttal
Printed in Germany
ISBN 978-3-7373-4163-9

Inhalt

Hinter sieben Bergen

»Ist es nicht einfach herrlich hier?« Festen Schrittes marschierte Lillis Oma einen Feldweg entlang. Lilli, ihr bester Freund Jesahja, Bonsai und Frau von Schmidt tigerten ihr hinterher. Und das seit einer gefühlten Ewigkeit.

Im Gegensatz zu Lillis Oma waren die vier mittlerweile aber richtig aus der Puste.

»Ist es noch sehr weit?«, fragte Lilli ihre Oma erschöpft.

»Wir sind fast da. Brigitte wohnt gleich da oben«, trällerte sie und deutete auf den Hügel vor ihnen.

Lillis und Jesahjas Blicke wanderten wie in Zeitlupe einen schier endlosen Weg hinauf.

Dann sahen sie sich kurz an und seufzten müde.

»Nun kommt schon. Auf, auf!«, rief ihnen Oma fröhlich zu. Sie war inzwischen fast ganz oben angekommen. Bonsai, Lillis kleiner Zottelhund, dackelte ihr mit raushängender Zunge hinterher.

»Unser Wochenende auf einem Pony-Reiterhof habe ich mir ein bisschen anders vorgestellt«, schnaufte Jesahja, während er sich wie eine Dampflock langsam wieder in Bewegung setzte.

»Ich auch«, nuschelte Lilli und folgte ihm.

Vor einigen Tagen hatte ihre Oma erzählt, dass sie am Wochenende eine Freundin auf ihrem Reiterhof besuchen würde. Als Lilli und Jesahja das hörten, wollten sie unbedingt mit.

Da hatten sie aber nicht geahnt, dass diese Freundin anscheinend hinter sieben Bergen, bei den sieben Zwergen wohnte.

Lillis Oma hatte ihr versprochen, beim Umbau der alten Scheune zu helfen. Selbstverständlich wollten Lilli und Jesahja sie dabei unterstützen. Schnell hatten sie sich jedoch darauf geeinigt, dass sie sich lieber ein wenig um die Ponys dort kümmern könnten. So hätten Oma und ihre Freundin den Kopf frei für den Umbau. Das war auch der Grund, weswegen der Reiterhofbetrieb übers Wochenende eingestellt würde.

Lillis Oma war seit jeher eine ausgezeichnete Handwerkerin. Das war sozusagen ihre Gabe. Lilli hatte ebenfalls eine – wenn auch eine völlig andere. Und zwar konnte Liliane Susewind, wie sie mit vollem Namen hieß, mit Tieren sprechen. Das war aber noch nicht alles. Sie hatte zudem eine besondere Wirkung auf Pflanzen. Sie konnte sie zum

Wachsen bringen. Innerhalb von Sekunden. Einzig durch ihre Freude.

Im Augenblick war Lilli allerdings wenig erfreut. Sie war viel eher … müde. Und damit nicht alleine.

»Ich möchte mich ja nicht beklagen«, meldete sich Frau von Schmidt, die orangegetigerte Katzendame neben ihr. »Die vorherrschenden Umstände fordern mich jedoch geradewegs dazu auf. Dieses dauernde Bergauf, Bergab ermüdet mich«, fuhr sie fort. »Ich komme nicht umhin, Ihnen mitzuteilen, dass ich keinen Schritt weiterzulaufen gedenke.« Sie setzte sich und leckte ihre Pfote.

Nun blieben auch Lilli und Jesahja stehen.

»Lass mich raten«, begann er mit Blick auf seine Katze. »Die königliche Hoheit hat keinen Bock mehr, stimmt's?«

»So ist es«, bestätigte Lilli, worauf Jesahja die Augen verdrehte.

»Lass uns einfach weitergehen. Sie wird schon nachkommen«, sagte er.

»Das glaubst du nicht wirklich, oder?« Lilli legte den Kopf schief und lächelte schwach.

»Nee«, gestand er daraufhin kleinlaut.

Beide wussten, dass es nur eine einzige Lösung für diesen Sitzstreik gab. »Möchten Sie, dass ich Sie ein wenig trage?«, fragte Lilli die Katzendame. Sofort hörte diese auf, ihre Pfote zu lecken, und miaute: »Das ist eine ganz ausgezeichnete Idee, Madame von Susewind.«

»Habe ich mir gedacht.« Lilli seufzte, bückte sich, nahm die Katze auf den Arm und setzte mit Jesahja an ihrer Seite den Weg fort.

Sie waren gerade mal drei Schritte gegangen, da meldete sich Frau von Schmidt erneut zu Wort. »Ein kleines Ständchen würde mir die Strapazen dieser Reise ungemein versüßen.«

»Wie bitte?«, quiekte Lilli überrascht.

»Ein Ständchen«, widerholte die Katze mit majestätischer Gelassenheit. »Sie wollen mir doch gewiss eine Freude machen, oder etwa nicht?«

»Ähm, na ja …« Lilli fehlten die Worte.

»Was will sie denn jetzt?«, erkundigte Jesahja sich.

»Sie möchte, dass ich ihr was vorsinge«, erklärte Lilli verunsichert. »Könntest *du* das vielleicht übernehmen?«

»Ich? Nee! Da bin ich raus.« Er winkte energisch ab.

Lilli seufzte gequält. Frau von Schmidt konnte sehr hartnäckig sein. Sie würde garantiert keine Ruhe geben, bis sie bekam, was sie wollte.

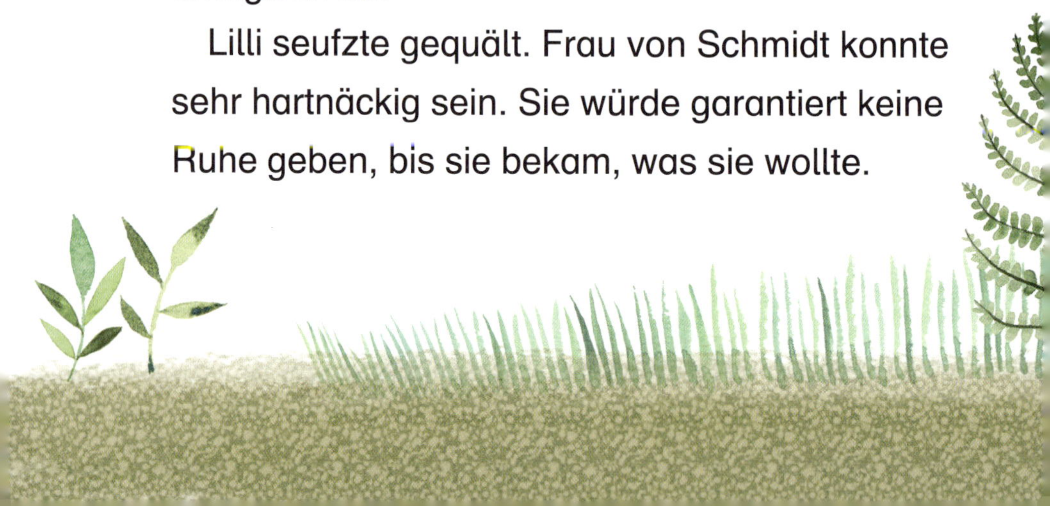

Also ergab sich Lilli ihrem Schicksal. Leise fing sie an zu summen. Frau von Schmidt schnurrte zufrieden. Jesahja hielt stumm wie ein Fisch einen Daumen in die Höhe. Mit heftigem Kopfnicken feuerte er sie an.

Das Summen, Laufen und Tragen ihres Rucksacks und der Katze kostete Lilli nun aber noch mehr Puste. Als sie endlich neben ihrer Oma und Bonsai auf dem Hügel angekommen war, hatte sich das Summen in eine Art Keuchen verwandelt.

Frau von Schmidt war über diese Entwicklung wenig begeistert.

»Ich möchte Ihnen ja nicht zu nahetreten, Madame von Susewind. Doch Ihre Darbietung verliert zunehmend an Eleganz und Stil«, murrte sie. Dann fing sie mit einem Vortrag übers wohlklingelnde Singen und Summen an.

Auch wenn Lilli kaum zuhörte, war sie sehr froh über diesen Vortrag. Er verschaffte ihr nämlich eine kleine Verschnaufpause.

Tief atmend ließ sie den Blick durch die Gegend schweifen.

Hier war es wunderschön. Links und rechts von ihnen erstreckten sich Wiesen und Felder, während weiter vorne zwei Höfe standen, die durch ein Tor voneinander getrennt waren. Und hinter diesen Höfen lag ein geheimnisumwobener Wald, den Lilli nur zu gerne erkunden wollen würde – wäre sie nur nicht so müde.

Sieben auf einen Streich

»Gleich könnt ihr die Rucksäcke ablegen und euch ausruhen«, sagte Lillis Oma. Sie deutete auf das nächstgelegene Haus. Es war ein schnuckeliges Holzhäuschen mit regenbogenbunten Fensterläden. »Hier wohnt Brigitte.«

Mit Frau von Schmidt auf dem Arm, folgte Lilli ihrer Oma ans Gartentor. Bonsai trippelte schnüffelnd hinterher.

»Und wer wohnt daneben?« Jesahja nickte zu dem angrenzenden Grundstück hinüber.

»Soweit ich weiß, ist Brigittes Nachbar ein Obstbauer«, antwortete Oma und öffnete schwungvoll das Gartentor.

Sie wollte gerade das Grundstück ihrer Freundin betreten, als plötzlich ein schreiender Mann mit einer großen Tasche voller Briefe auf sie zu rannte – gefolgt von einer Herde scheinbar wildgewordener Ponys.

»Vooorsiiicht! Aus dem Weeeeg! Laufen Sie! Laufen Sie weg, solange Sie können. Das da drinnen sind keine Ponys, sondern kleine Teufel!«, rief der Mann, während er durch die offene Gartentür hinausstürmte. Hinter ihm wirbelte eine dicke Staubwolke.

Verdutzt starrten Lilli, Jesahja und Oma dem flüchtenden Postboten hinterher. Bonsai legte verwirrt den Kopf schief.

Frau von Schmidt hingegen war begeistert. »Bravo! Bravissimo! Haben Sie das gehört, Madame von Susewind? Diese lebendige und kraftvolle Gesangseinlage … Welch ein begnadeter Sänger. *So* hört sich richtiges Singen an, meine Liebe«, schwärmte sie.

Lilli wollte etwas erwidern, doch da vernahm sie lautes Wiehern: »Rückzug! Rückzug, Freunde! Fremde Zweibeiner im Anmarsch«, rief ein kleines stämmiges Pony mit Wuschelmähne.

Auf sein Kommando machten die Ponys kehrt.

Während sie durch das offenstehende Schiebetor auf die Weide galoppierten, fragte Lilli sich, ob sie hinterhertraben sollte, um sich vorzustellen. Ehe sie sich in Bewegung setzen konnte, ging jedoch die Haustür des Holzhäuschens auf. Eine kleine, zierliche Frau trat ins Freie.

»Brigitte!«, rief Oma freudestrahlend und eilte auf sie zu.

»Ich wollte gerade wieder auf die Terrasse, als ich was gehört habe … Wie schön, dass ihr da seid!« Brigitte schloss Lillis Oma überglücklich in die Arme.

»Kuschel-Knuddeln? Oh, supi! Da bin ich dabei!« Bonsai wedelte überschwänglich mit dem Schwanz. Immer wieder richtete er sich auf und hoppelte auf den Hinterbeinen um die Freundinnen herum. »Hier bin ich. Hier bin ich! Und ich bin total kuschelig«, versuchte er, auf sich aufmerksam zu machen.

»Ist ja gut, Bonsai«, giggelte Lilli. Sie kniete sich hin und setzte Frau von Schmidt auf den Boden. Dann kraulte sie Bonsai hinter den Ohren. Dabei linste sie zu den Ponys hinüber.

Sie bemerkte, dass die Herde sie zu mustern schien. Allen voran das kleine Pony mit der Wuschelmähne. Die Tiere reckten die Köpfe, blähten ihre Nüstern und sogen mit hochgestülpten Oberlippen den Geruch der Fremden ein. Denn genau das waren Lilli, Oma, Jesahja, Bonsai und Frau von Schmidt für sie nun mal.

Nachdem die Freundinnen sich wieder voneinander gelöst hatten, stemmte Brigitte die Hände in die Hüften. »Ihr müsst Lilli und

Jesahja sein«, sagte sie lächelnd. »Ich freue mich riesig, euch kennenzulernen. Und euch selbstverständlich auch«, fügte sie schnell mit Blick auf Hund und Katze hinzu.

»Das sind Bonsai und Frau von Schmidt«, erklärte Lilli, während Brigitte in die Hocke ging und die zwei Vierbeiner liebevoll streichelte.

»Die riecht aber gut«, wuffte Bonsai, und Frau von Schmidt schnurrte genussvoll. Dann erhob sich Brigitte und führte die Truppe zum Haus. Dabei sagte Lillis Oma zu ihr: »Du hast nur knapp den Briefträger verpasst.«

»Tatsächlich?«

»Ja. Er schien ziemlich … aufgewühlt gewesen zu sein.«

»Aber weswegen denn?«

»Wegen deiner Ponys«, antwortete Oma, worauf Brigitte kurz stehen blieb.

»Aber natürlich.« Sie schüttelte den Kopf und verdrehte die Augen. »Ich hätte das Schiebetor der Weide heute Morgen nicht offenstehen lassen sollen – wobei es ohnehin egal ist. Sie kriegen es nämlich immer irgendwie auf«, sagte sie und setzte sich wieder in Bewegung. »Meine Ponys sind kleine Frechdachse. Sie haben absolut nichts Böses im Sinn, aber ihre Köpfe sind voller Flausen.« Sie seufzte. Doch sie lächelte auch dabei.

»So. Da wären wir«, sagte Brigitte, als sie das Haus betraten. Sie wies auf die Tür gleich vorne am Flur. »Das Zimmer hier ist für dich, meine Liebe. Und in diesem hier …«, sie öffnete eine

Tür weiter hinten, »schlaft ihr beide mit euren Tieren. Gefällt's euch?«

Lilli und Jesahja betraten ihr Zimmer. Hier gab es zwei schmale Betten, einen Schrank und einen kleinen Schreibtisch mit einem Stuhl. Lilli fiel sofort die große Terrassentür auf. Durch sie konnte man direkt zur Weide und bis hin zum Grundstück des Nachbarn sehen.

»Es ist toll«, hauchte Lilli hinausschauend, während ihr Blick wieder an den Ponys kleben blieb.

Wenn sie richtig gezählt hatte, waren es insgesamt sieben. Drei von ihnen grasten. Zwei schienen Fangen zu spielen. Eins wälzte sich im Gras und … Was machte denn das Siebente da? Flehmte es etwa immer noch?

Lilli kam es vor, als würde es dabei in ihre Richtung schauen. Konnte es sein, dass dieses kleine stämmige Pony mit der Wuschelmähne nach wie vor versuchte, ihren Geruch einzusaugen, um sie besser kennenlernen und einschätzen zu können?

Lilli kannte sich mit Pferden und Ponys recht gut aus. Jesahja und sie waren schon öfter geritten.

Insgeheim hatte sie gehofft, dass sie auch hier ausreiten könnten. Doch nachdem sie vorhin miterlebt hatte, wie diese Ponys den Briefträger verjagt hatten, war ihre Hoffnung irgendwie verpufft. Nicht, dass Lilli Angst vor ihnen gehabt hätte, aber sie fragte sich, wie diese Ponys mit den vielen Flausen in ihren Köpfen bloß mit den Reitschülern umsprangen?

So weit war sie mit den Gedanken gekommen, als sie die Stimme ihrer Oma hörte.

»Während die Kinder ihre Sachen abstellen, kannst du mir schon mal die Scheune zeigen, Brigitte.«

»Möchtest du nicht erst einen Kaffee trinken? Ich habe auf der Terrasse was für uns vorbereitet. Es gibt auch Kuchen.«

»Der Kuchen läuft uns nicht weg. Ich möchte mir zuerst ein Bild von unserer Baustelle machen.«

»Immer noch Hummeln im Hintern, was?«, witzelte Brigitte. »Na, dann komm mal mit.« An Lilli und Jesahja gewandt sagte sie: »Wir sind in ein paar Minuten wieder zurück. Wenn ihr wollt, könnt ihr schon auf die Terrasse. Mein Nachbar baut Äpfel an. Aus ihnen macht er den weltbesten Apfelsaft. Ich habe euch eine Flasche hingestellt. Trinkt, so viel ihr wollt. Ich habe einen ganzen Kasten gekauft.«

»Vielen Dank«, sagten Lilli und Jesahja gleichzeitig.

»Und danach … stelle ich euch meine Rasselbande vor«, fügte Brigitte hinzu und machte sich mit Oma davon.

»Hey, Lilli. Was dagegen, wenn ich mir *dieses* Bett schnappe?« Jesahja federte auf und ab, als würde er die Festigkeit der Matratze testen, auf der er gerade saß.

Frau von Schmidt und Bonsai standen zu seinen Füßen und beobachteten ihn. Dabei bewegten sich ihre Köpfe hoch und runter, hoch und runter.

»Sieht nach jeder Menge Spaß aus«, wuffte Bonsai, sprang mit einem Mal zu Jesahja aufs Bett und hüpfte neben ihm darauf herum.

Lilli lächelte und stellte ihren Rucksack ab.

»Hast du auch so einen Bärenhunger?« Jesahja hörte auf zu federn und hielt sich den Bauch.

Lilli nickte. »Wollen wir schauen, was Brigitte für uns vorbereitet hat?« Sie legte die Finger um den Knauf der Terrassentür.

»Au ja.« Im Nu war Jesahja aufgesprungen.

»Och, Menno. War doch grad so lustig.« Enttäuscht betrachtete Bonsai den völlig zerwühlten Deckenberg.

»Wir gehen ein wenig raus. Kommt ihr mit?«, fragte Lilli ihn und Frau von Schmidt.

»Raus?« Sofort richtete Bonsai seine Lauscher auf. »O ja! Raus! Raus! Lasst uns alle rausgehen!« Er hechtete zur Tür.

Frau von Schmidt hingegen sprang aufs Bett, rollte sich zusammen und miaute: »Ich ziehe es vor, hierzubleiben und mich ein wenig auszuruhen.«

»Wie Sie meinen«, erwiderte Lilli höflich und ging mit Jesahja und Bonsai hinaus.

Der Terrassentisch war schön gedeckt und mit bunten Wiesenblumen geschmückt. Lilli und Jesahja setzten sich nebeneinander und bedienten sich am Kuchen. Bonsai jagte unterdessen fröhlich einen Schmetterling.

»Mhmm! Der Apfelsaft ist ja tatsächlich superlecker. Hier. Probier auch mal.« Jesahja hielt Lilli ein Glas hin.

Sie wollte gerade danach greifen, als sie von einem Geräusch abgelenkt wurde.

»Was ist?«, fragte Jesahja, dem Lillis Aufhorchen nicht entgangen war.

»Hast du das gerade etwa nicht gehört?«

»Nee, was meinst du?« Er schüttelte seinen Schopf.

Lilli stand auf. Mit Jesahja im Schlepptau lief sie langsam neben der Hauswand entlang, bis diese endete. Dann lehnten sich beide leicht vor und spähten um die Ecke.

Direkt an der Wäscheleine erblickten sie eins der Ponys. Es hatte eine schöne Blesse in Sternform auf der Stirn.

»Was macht es da?«, flüsterte Jesahja.

»Keine Ahnung. Sieht aus, als würde es mit der Wäsche spielen.« Lilli beobachtete, wie das

Pony immer wieder mitten durch ein weißes Laken jagte, von einer Seite zur anderen und wieder zurück.

»Hält es sich für einen Stier in der Arena?«

»Kann sein«, erwiderte Lilli kichernd, als sich das Tuch plötzlich von der Leine löste und wie eine Decke über das Pony legte.

»Jetzt sieht es aus wie ein Gespenst«, stellte Jesahja belustigt fest.

»Stimmt.« Giggelnd strich Lilli sich eine Haarsträhne hinters Ohr.

Das Pony schüttelte sich. Es versuchte, das Laken von sich zu werfen. Doch irgendwie schien es ihm nicht gelingen zu wollen.

»O nein! Ich sehe nichts mehr! Es hat mich verschluckt«, blubberte es zappelnd.

»Ich glaube, es braucht Hilfe«, sagte Lilli und lief los.

Kaum waren Jesahja und sie beim Ponygespenst angekommen, da flatterte das Tuch zu Boden.

»Puuh! Gerettet.« Sichtlich erleichtert beschnupperte das Pony das Bettlaken. Es zupfte daran herum und nahm es zwischen seine Zähne. Plötzlich bemerkte es Lillis und Jesahjas Füße vor sich. Ganz langsam hob es seinen Ponykopf.

»Hallo«, sagte Lilli freundlich. »Ich bin Lilli, und das hier ist mein Freund Jesahja.«

Das Pony machte einen Schritt rückwärts. »Du … sssprichst ja wie ich«, sagte es verwundert, und dann sprudelte es aus ihm heraus: »Ich hab nisssts getan.«

»Na ja, wenn man es genau nimmt, dann … hast du schon was getan«, druckste Lilli herum.

»Was wissst u amit sssagen?«, nuschelte das Pony.

»Dass du das Bettlaken von der Leine gerissen hast. Also, nicht absichtlich, nehme ich an. Aber –«

»Wass ür eine deisssste Unterfellung. U kassst mir nichsss beweisssen«, gab das Pony nervös von sich.

»Und was macht dann das Laken in deinem Maul?«

»Hä? Wie?« Sofort ließ es den Stoff fallen. »Äh-mmh, war wirklich nett, euch kennenzulernen. Aber jetzt muss ich ganz dringend weg«, wieherte es und machte sich rasend vom Acker.

Lilli pflückte das Tuch vom Boden und blickte dem Pony solange hinterher, bis es hinterm Haus verschwunden war. »Ich hab's nicht böse gemeint«, murmelte sie verwirrt. Es kam nicht oft vor, dass ein Tier vor ihr flüchtete.

»Keine Sorge.« Jesahja legte eine Hand auf ihre Schulter. »Du klangst nicht im Geringsten böse. Wenn du mich fragst, hat dieses Pony ein schlechtes Gewissen bekommen, weil es das Bettlaken von der Leine gerissen hat. Nur deswegen ist es abgehauen.«

»Meinst du wirklich?«, fragte Lilli zweifelnd.

»Mach dir deswegen keinen Kopf. Lass uns zurück auf die Terrasse gehen. Ich könnte noch ein Stück von dem Apfelkuchen vertragen.«

»Was ist denn hier passiert?« Zurück auf der Terrasse, betrachtete Lilli ratlos das Chaos auf den Tellern. Der Kuchenteig war völlig zerbröselt und die Apfelstücke verschwunden. »Bonsai!«, rief sie.

»Hier. Hier bin ich. Was ist, Lilli? Spielen wir Fangen? Willst du Fangen spielen? Willst du, willst du?«

»Später vielleicht. Sag mal, warst du das mit dem Kuchen hier?«

»Kuchen? Es gibt Kuchen? Wo ist er denn? Ich will auch welchen. Ich mag Kuchen.«

»Okay, Bonsai war's schon mal nicht«, sagte sie. Jesahja kratzte sich nachdenklich am Hinterkopf. »Wenn es keiner von uns war, wer war es dann?« Er schaute sich um. Und rein zufällig blieb sein Blick an der Ponyweide haften.

Die Geheimwaffe

»Weißt du was?«, sagte Lilli. »Ich gehe einfach hin und frage die Ponys, ob *sie* den Kuchen auseinandergenommen haben. Wir müssen uns sowieso miteinander bekanntmachen. Schließlich verbringen wir das ganze Wochenende mit ihnen.«

»Wir sollten besser auf Brigitte und deine Oma warten«, erwiderte Jesahja. »Oder hast du vergessen, was der Briefträger vorhin gerufen hat?«

»Es sind keine Teufel. Es sind Ponys. Schau sie dir an.« Lilli deutete zu der kleinen Herde hinüber. »Sehen sie nicht lieb und … irgendwie lustig aus?« Erst jetzt fiel ihr auf, dass einige von ihnen komische Frisuren hatten. »Komm mit. Sie werden uns schon nicht fressen.«

»Aber nur, weil sie die Apfelstücke aus dem Kuchen gefuttert und keinen Hunger haben«, witzelte er und lief Lilli hinterher.

Auf halber Strecke hörte sie auf einmal wieder das stämmige Pony mit der Wuschelmähne laut Alarm schlagen. »Zweibeiner! Die fremden Zweibeiner kommen!«

»Was wollen sie nur?«, fragte eine Stute aufgeschreckt.

»Äh, Boss …«, meldete sich das Ponygespenst kaum hörbar zu Wort. »Hey. Hey, Boss!«, wiederholte es nun ein wenig lauter.

»Redest du mit mir?«, fragte das stämmige Pony wie beiläufig, ohne Lilli und Jesahja aus den Augen zu lassen.

»Ja, oder heißt hier noch ein anderer Boss?«

»Nein, natürlich nicht. Was ist?«, fragte Boss ungeduldig.

»Na ja, es könnte sein, dass die Zweibeiner meinetwegen kommen«, bemerkte das Ponygespenst kleinlaut.

»Wieso?«, fragte Boss.

Das Ponygespenst zierte sich. Doch dann gestand es: »Ich hatte Kontakt zu den Fremden.«

»Was? Und das erzählst du erst jetzt, Schorschi? Was konntest du über sie in Erfahrung bringen? Kommen sie in Frieden, oder suchen sie Ärger? Berichtserstattung. Sofort! Wir haben nicht viel Zeit. Sie sind gleich hier.«

Im Nu hatten sich so gut wie alle Ponys um sie geschart. Schorschi, das Ponygespenst, fing an zu erzählen.

»Na ja, ihr wisst doch, wie gerne ich mit dem großen weißen Tuch spiele …«

»O ja. Das mag ich auch«, sagte das Pony neben ihm in verträumtem Ton.

»Ich spiele auch gerne damit«, fügte ein anderes hinzu.

»Und ich erst …«, warf die Stute ein, deren Mähne von zwei Zöpfen geziert wurde.

»Jetzt reißt euch mal zusammen! Wir spielen alle gerne mit dem Tuch. Aber was hat das mit den Fremden zu tun?«, unterbrach Boss – unverkennbar, dass er hier das Leittier war.

»Sie haben mich dabei erwischt«, erklärte Schorschi.

Lilli hörte ein Raunen durch die Herde gehen.

»Und was hast du daraufhin getan?«, hakte Boss nach.

»Na, was wohl? Ich habe mich dumm gestellt und unschuldig gespielt, wie wir es immer tun, wenn wir was ausgefressen haben.«

»Sehr gut. Wirklich ausgezeichnet!«, lobte ihn Boss.

»Ich bin mir aber nicht sicher, ob sie mir das abgekauft haben.«

»Nöp! Haben sie nicht«, wieherte das Pony mit der Flechtfrisur neben ihm gelangweilt. Es senkte seinen Kopf und zupfte seelenruhig ein paar Grashalme aus.

»Was? Wieso? Woher weißt du das, Möhrchen?«, fragte Boss.

»Ist nur so ein Gefühl«, erwiderte es kauend und murmelte dann vor sich hin: »Das Menschenfutter gerade war viel saftiger.«

»Verbockt und abgemäht!«, wieherte Boss. »Diese Fremdlinge könnten uns Ärger machen.« Er warf einen Blick über seine Schulter hin zu Lilli und Jesahja. »Da hilft nur eins, Freunde«, sagte er bedeutungsvoll. »Unsere Geheimwaffe.«

Als Lilli dieses Wort hörte, blieb sie abrupt stehen und

hielt Jesahja am Arm zurück. »Sie hecken irgendetwas aus«, flüsterte sie und spitzte wieder die Ohren.

»Ja, genau! Die Geheimwaffe!«, hörte sie die anderen Ponys einstimmig wiehern.

Und dann … teilte sich die Herde und machte den Weg frei für: »Flecki!«, rief Boss laut.

»Ja?« Ein kleines Fohlen hob den Kopf und sah sich um. Sein braunes Fell war mit vielen weißen Punkten gesprenkelt.

»Komm her zu mir, mein Kleiner«, bat Boss in ganz liebevollem und sanftem Ton.

Sofort trabte das Fohlen beschwingt auf ihn zu.

»Junge, ich habe eine Aufgabe für dich«, fing Boss an.

»So?« Flecki blickte ihn unschuldig aus seinen großen glänzenden Augen an. »Was soll ich tun?«

»Du trabst zu den Zweibeinern da und lässt

die beiden aaalles vergessen. Sie dürfen ihren Weg zu uns nicht fortsetzen. Klar?«

»Klar!« Übermütig setzte Flecki sich in Bewegung. Doch dann hielt er kurz inne. »Und welche Methode genau soll ich dabei anwenden, Boss?«, fragte er.

»Zieh das volle Niedlichkeits-Programm ab. Du weißt schon: große Augen, zuckersüßes Anstupsen mit der Nase, springen, spielen … und was du sonst noch so alles draufhast. Eben das ganze Pipapo.«

»Ah, kapiert. Wird sofort gemacht, Boss!« Pflichtbewusst machte Flecki sich auf, seine Mission zu erfüllen.

Lilli, die alles mitgehört hatte, atmete erleichtert auf. Gelassen wartete sie mit Jesahja auf das herannahende Fohlen.

»Was für ein seltenentzückender Anblick«, mauzte Frau von Schmidt, die wie aus dem Nichts neben Lillis Beinen aufgetaucht war.

»Diese Miniaturausgabe einer Laufherrschaft ist wahrlich etwas ganz Besonderes.«

»Das stimmt«, erwiderte Lilli, während das Fohlen nun um sie herumsprang. Es stupste erst sie, dann Jesahja an, um sie zum Spielen aufzufordern.

»Stehen Sie nicht so da, Madame von Susewind. Es ist doch offensichtlich, was es von Ihnen möchte«, sagte die Katze. »Wenn Sie nicht sofort diesen dreckigen Stoffball fallen lassen, um mit dieser Baby-Laufherrschaft zu spielen, muss ich es tun.«

Lächelnd streckte Lilli eine Hand aus und streichelte dem Fohlen über den Nasenrücken. »Du bist wirklich goldig«, fing sie an. »Trotzdem würde ich gerne erst zu deiner Herde gehen, bevor ich mit dir spiele.«

»Was? Aber – o nein! Ich hab ihn verloren.« Das Fohlen blickte sich hektisch um.

»Wonach suchst du?«, fragte Lilli.

»Nach meinem Niedlichkeitszauber. Anscheinend ist er weg. Oder kaputt und funktioniert nicht mehr«, blubberte Flecki betrübt.

Lilli schmolz dahin. »Keine Sorge. Du hast deinen Niedlichkeitszauber nicht verloren. Und er funktioniert blendend«, versicherte sie ihm. »Schau dir die Katze an. Sie ist völlig hingerissen von dir.«

»Wie ich sehe, habt ihr euch bereits mit unserem Nesthäkchen bekannt gemacht«, hörte Lilli da Brigittes Stimme hinter sich. Gemeinsam mit Oma kam sie näher. »Sein Name ist Flecki – wegen der weißen Fellpunkte. Wenn ihr wollt, stelle ich euch direkt auch die anderen Ponys vor.«

Lilli nickte begeistert. Dann gingen sie zur Weide. Jetzt, wo Brigitte hier war, schienen die Ponys ruhiger und zutraulicher zu sein.

»Das ist Schorschi, daneben unsere Stute Frisbee, Bono und sein Kumpel Cesar. Die beiden zanken gerne, vertragen sich aber auch schnell wieder. Die kleine Fressmaschine da ist Möhrchen.«

»Fressmaschine? Dann hat der sich sicher über den Kuchen hergemacht«, flüsterte Jesahja, worauf Lilli zustimmend nickte.

»Und dieses kleine Pony hier ist nicht nur der Boss, es heißt auch tatsächlich so«, fuhr Brigitte fort. Liebevoll streichelte sie seinen Hals. »Lasst euch bloß nicht von seiner Größe täuschen. Er ist zwar klein, hat's aber faustdick hinter den Ohren! Ein wirklich sehr schlaues Kerlchen. Wenn ihr wüsstet, was er und seine Truppe schon alles so angestellt haben … Also, langweilig wird es mit denen wirklich nie.«

»Welches von den Ponys ist eigentlich Fleckis Mama?«, fragte Lilli interessiert.

»Nun ja –« Mit einem Mal sah Brigitte richtig geknickt aus. »Flecki wächst bei uns ohne seine Mama auf.«

»Oh«, entfuhr es Lilli mitfühlend. Sie bohrte nicht weiter nach. Offensichtlich sprach Brigitte nicht gerne darüber.

»Ähm, wir haben das auf dem Boden da hinten gefunden«, sagte sie schnell, um Brigitte abzulenken, und hielt ihr das Laken hin. Die Ponys starrten sie wie gebannt an. Fragten sie sich etwa, ob Lilli sie gleich verpetzen würde? Oder waren sie bloß darüber verwundert, dass sie pferdisch sprach? Bis auf Flecki und Schorschi hatte sie bisher schließlich noch keines der Ponys sprechen gehört.

»Es – es ist etwas dreckig geworden«, sagte Lilli nur, worauf leises Ponygetuschel losbrach.

»Halb so wild.« Brigitte machte eine wegwerfende Handbewegung. »Das passiert hier ständig. Na? Wer von euch war es denn diesmal, hm?« Sie musterte ihre kleine

Rasselbande mit einem eher süßen als sauren Gesichtsausdruck.

»Die drei da haben echt lustige Frisuren«, wechselte Lilli das Thema und deutete unter anderem auf Möhrchen, dessen Mähne raffiniert geflochten war. Brigitte lachte. Boss hingegen wieherte: »Die Frisuren sind doch nicht lustig. Sie sind … besonders. Ich lasse mir hin und wieder auch so eine verpassen. Von der Kleinen, die mir immer Karotten gibt. Ich mag sie. Darum lasse ich sie auch an meine Mähne.«

Na also. Von wegen Teufel, dachte Lilli und lächelte Boss ganz breit an.

Bäumchen rüttel dich

Während Oma und Brigitte am Abend wieder mit dem Umbau der Scheune beschäftigt waren, saßen Lilli und Jesahja in ihrem Zimmer.

Frau von Schmidt tigerte irgendwo draußen herum, und Bonsai nagte eifrig an einem Kauknochen. Doch plötzlich stellte er seine Lauscher auf und wuffte: »Lilli! Lilli, da geht was vor!« Aufgeregt drückte er seine Nase an der Terrassentür platt.

Sofort stand Lilli auf und spähte hinaus. Was sie da sah, machte sie stutzig. Sie drehte sich um und winkte Jesahja herbei.

»Was ist denn?« Neugierig eilte er auf sie zu und stellte fest, dass die Ponyherde dicht gedrängt am Zaun zum Nachbarsgrundstück stand. »Was machen die da?«

»Ich weiß auch nicht«, erwiderte Lilli, ohne die kleinen Rabauken aus den Augen zu lassen.

»Los, komm. Das schauen wir uns genauer an.« Schnell schlüpfte Jesahja in seine Turnschuhe und öffnete die Terrassentür.

Gemeinsam mit Bonsai marschierten sie auf die Ponys zu. Dabei blickte Lilli immer wieder über die Schulter zur Scheune. So wie es aussah, werkelten Brigitte und Oma dort immer noch.

»Habe ich was an den Augen, oder hat Boss gerade wirklich das Tor zum Nachbarn

entriegelt?« Jesahja war völlig baff. »Wie hat er das geschafft?«

»Das gibt's doch nicht. Die wollen sich vom Acker machen!« Lilli legte einen Zahn zu.

Kurz darauf waren sie bei den Ponys angekommen.

»Was treibt ihr da?«, fragte Lilli Boss mit gedämpfter Stimme.

»Oh, hey!«, erwiderte er beiläufig, während er ein Pony nach dem anderen an sich vorbei von der Weide traben ließ.

»Ihr könnt doch nicht einfach abhauen und unerlaubt das Grundstück des Nachbarn betreten.«

»Klar können wir das. Siehst du doch. Zugegeben, um ein Haar wäre die ganze Unternehmung ins Wasser gefallen. Es war ziemlich knifflig, dieses Tor zu öffnen. Nicht so einfach wie unseres, das fast von alleine hin- und hergleitet. Aber ich hab's trotzdem geschafft.«

»Was wollt ihr da drüben?«

»Äpfel«, wieherte Flecki freudig, während er an Lilli vorbei durch das offene Tor stolzierte. Bonsai, der gleich neben ihr stand, beschnupperte das lebhafte Fohlen aufmerksam.

Lilli warf einen Blick zu dem apfelbehangenen Baum, unter dem sich die Ponys versammelten. »Das ist nicht in Ordnung, Boss. Die Äpfel gehören dem Nachbarn.«

»Bis sie in unseren Bäuchen

landen. Dann gehören sie uns. Ist doch logisch, oder?«, erwiderte er, scheinbar ohne sich einer Schuld bewusst zu sein.

»Ich glaube, du verstehst das nicht ganz.«

»Hm? Wieso? Aber klar verstehe ich das. Ist doch schließlich gaaanz einfach: Ponys plus Äpfel gleich Leckerschmecker.«

»Aus diesen Äpfeln macht der Nachbar aber Apfelsaft. Den verkauft er, um seine Rechnungen zu bezahlen. Das bedeutet, dass er ihn eintauscht für etwas anderes, das er braucht«, versuchte Lilli Boss ungefähr das Prinzip der Menschen und ihrer Arbeit zu erklären. Doch Boss hörte ihr kaum zu. Er war nämlich damit beschäftigt, seine Herde im Auge zu behalten.

»Hey! Hey, ihr beiden, aufpassen!«, wieherte er leise. Es war aber zu spät. Cesar und Beno waren mit den Köpfen zusammengeprallt.

»Aua«, schimpften sie wie aus einem Maul.

»Hey, das ist mein Apfel«, beschwerte Cesar sich dann.

»Nein, meiner«, entgegnete Beno gereizt.

»Los, her damit. Er gehört mir.«

»Jungs. Jungs!«, unterbrach Boss sie. »Da sind doch mehr als genug Äpfel. Kein Grund zum Streiten.«

Die zwei hielten inne und dachten kurz nach.

»Bitte, nimm du ihn«, zwitscherte Cesar Beno schließlich höflich zu.

»Aber, nein. Es ist dein Apfel. Iss du ihn.« Beno schob Cesar den Apfel hin.

Boss schnaubte leise. Dann sah er kurz Lilli und Jesahja an. »Entschuldigt. Ich muss mich mal eben darum kümmern.« Damit ließ er sie stehen und trabte auf Cesar und Beno zu.

Während die zwei sich immer noch nicht einig waren, biss Boss beherzt in den Apfel, der zwischen ihnen lag. Sofort herrschte Ruhe.

In Lilli tobte jedoch Durcheinander. Was sollte sie jetzt bloß tun? Sie wollte die Ponys echt nicht verpetzen. Aber diese Aktion könnte auf Brigitte zurückfallen und ihr viel Ärger machen. Und außerdem könnten die Ponys von zu vielen Äpfeln krank werden.

Lilli musste es noch einmal versuchen. Sie musste mit Boss und den anderen sprechen, um sie zur Rückkehr zu bewegen.

Sie war gerade im Begriff, das Grundstück des Nachbarn zu betreten, als ein klägliches Mauzen ertönte.

»Schmidti!«, gab Jesahja besorgt von sich,

während Bonsai bereits in die Richtung peste, aus der das Mauzen kam.

Schnell folgten ihm Lilli und Jesahja.

»Hier! Hier ist sie!«, wuffte Bonsai und verschwand hinter dem Haus.

Als Lilli und Jesahja ebenfalls um die Ecke bogen, sahen sie, wie Bonsai Frau von Schmidt fürsorglich beschnupperte.

»Geht es Ihnen gut? Ist alles in Ordnung?«, fragte Lilli die Katzendame sofort.

»Nichts ist in Ordnung«, erwiderte diese jammernd. »Schauen Sie sich das doch bitte mal an.« Sie hob eine ihrer Pfoten.

Lilli hockte sich hin und suchte die kleine Katzentatze nach Verletzungen ab. »Ähm, ich kann nichts entdecken«, sagte sie schließlich.

»Sehen Sie? Sie sehen auch nichts. Und genau das ist ein Desaster!«

»Aber was ist denn los?« Lilli verstand nicht, wo das Problem lag.

»Wenn sich das rumspricht, ist mein guter Ruf völlig ruiniert.«

»Was hat sie?« Jesahja schaute neugierig drein.

Lilli zuckte mit den Schultern, während Frau von Schmidt fortfuhr: »Ich höre schon, wie mich die anderen auslachen werden: *Schaut her. Das ist die bedauernswerte Katze, der einst die lebendige Sausebeute entwischte.* Das ist … erbärmlich und … bemitleidenswert.«

»Ah, jetzt verstehe ich. Ihnen ist also eine Maus entwischt«, schlussfolgerte Lilli.

»Nicht so laut, bitte. Wenn das einer mitbekommt … Welch eine Schmach.«

»Aber das kann doch jedem mal passieren«, sagte Lilli tröstend.

»Von mir aus kann es jedem passieren. Bloß nicht mir.« Frau von Schmidts Schwanzspitze zuckte aufgeregt hin und her.

»Das wird schon wieder,« brummte Lilli.

»Ist das etwa alles, was Sie zu meiner Aufmunterung zu sagen haben?«, entrüstete sich die Katze. »Nun ja, es kann nicht jeder so wortgewandt und einfühlsam sein wie ich. Madame von Susewind, ich sage Ihnen was: Am besten nehmen Sie mich auf den Arm, vergraben Ihre Finger in meinem weichen Fell und kraulen mich. Davon profitieren wir beide.«

Ohne groß zu überlegen, schnappte Lilli sich die Katzendame. Jetzt, da sie wusste, dass nichts Schlimmes passiert war, wollte sie so schnell wie möglich zu den Ponys zurück.

Auf dem Weg zu ihnen überlegte sie, was sie gleich am besten sagen sollte.

Doch wie sich herausstellte, waren Worte überflüssig. Denn die Herde befand sich wieder auf der Weide. Und das Tor zum Nachbargrundstück war zu.

Das hieß dann wohl, dass Boss sich ihre Worte doch zu Herzen genommen und die Herde wieder nach Hause geführt hatte.

Erleichtert, aber sehr müde machte Lilli sich nun mit Jesahja auf den Weg zurück in ihr Zimmer. Dort angekommen, wollte sie gleich die Terrassentür schließen.

»Bitte nicht«, bat Frau von Schmidt. »Ich würde mir gerne die Option offenhalten, zu einem späteren Zeitpunkt einen erneuten Streifzug durch das Gebiet zu unternehmen.«

»Ich verstehe«, erwiderte Lilli. Sie ließ die Terrassentür einen kleinen Spaltweit auf. Und genau wie Jesahja legte sie sich dann mit Bonsai schlafen.

Über Stock und über Stein

Als sie in der Morgendämmerung ihre Augen öffnete, stand Boss neben ihrem Bett.

Seine Ponyschnauze hing direkt über ihrem Gesicht.

»Was machst du hier?«, fragte Lilli verschlafen.

»Wir brauchen eure Hilfe«, kam Boss ohne Umschweife zur Sache.

Lilli spürte, dass etwas Schlimmes geschehen war. »Was ist passiert?«, wollte sie wissen.

»Flecki ist weg«, schnaubte Boss.

»Was?« Sofort saß sie kerzengerade da.

»Ist alles okay?«, fragte Jesahja, der von ihrem Ausruf geweckt worden war.

»Flecki ist verschwunden«, platzte es aus

Lilli heraus. Schlagartig war nun auch Jesahja hellwach.

»Bitte«, begann Boss total verzweifelt. »Ihr müsst uns helfen, ihn zu finden. Er ist noch so klein. Das alles ist meine Schuld. Ich hätte besser auf ihn aufpassen müssen. Wenn ihr uns helft, verspreche ich, dass wir uns in Zukunft besser benehmen. Keine unerlaubten Ausflüge mehr, keine leichtsinnigen Aktionen …«

»Ist ja gut«, unterbrach Lilli seinen Redeschwall. »Selbstverständlich helfen wir, Flecki zu finden.«

In Windeseile zogen Jesahja und sie sich an. Anschließend schlichen sie mit Bonsai aus dem Haus.

Lilli fiel auf, dass Frau von Schmidt fehlte. Doch um die Katzendame machte sie sich keine Sorgen. Sie war wahrscheinlich gerade auf einem ihrer Streifzüge.

Flecki hingegen war es nicht gewohnt, alleine unterwegs zu sein.

»Wo habt ihr den Kleinen zuletzt gesehen?«, fragte sie die Ponys auf der Weide, nachdem sie bei ihnen angekommen waren.

»Drüben beim Futtern der Äpfel«, entgegnete Möhrchen besorgt.

Lilli dachte kurz nach. Dann sagte sie: »Wir haben keine andere Wahl. Wir müssen auf das Nachbarsgrundstück und uns dort umschauen. Aber ihr bleibt hier. Wir wollen keine unnötige Aufmerksamkeit auf uns ziehen. Jesahja, Bonsai, Boss und ich gehen alleine.«

Am Tor zum Nachbargrundstück sahen Lilli und Jesahja, wie Boss den Riegel mit seinen Lippen zur Seite schob. Sofort schwang das Tor auf, und sie machten sich auf Spurensuche.

Es dauerte nicht lange, und Lilli wurde fündig. »Hier sind kleine Hufabdrücke!«, rief sie leise.

»Ja. Und sie führen …«

»… in den Wald«, sagten Lilli und Jesahja wie aus einem Mund. Dabei starrten sie zu der aufgerissenen Stelle im Maschendrahtzaun.

»Boss, wir brauchen ein zweites Pony. Wir müssen in den Wald reiten.«

Kaum hatte sie das gesagt, rief Boss Schorschi zu sich.

Ohne die Ponys zu satteln, saßen Lilli und Jesahja rasch auf und galoppierten mit Volldampf los. Bonsai jagte ihnen hinterher.

In kürzester Zeit hatten sie das Herz des Waldes erreicht, gleichzeitig aber auch Fleckis

Spur verloren. Sie drosselten das Tempo und schauten sich ratlos um.

Just in diesem Moment durchstieß ein verzweifelter Hilferuf die Stille.

»Flecki!«, rief Boss voller Sorge und galoppierte mit Lilli auf dem Rücken los. Jesahja und Schorschi hefteten sich an seine Hufe. Von seinem Beschützerinstinkt getrieben, schaltete auch Bonsai den Turbo ein.

Sie preschten so schnell über den Waldboden, dass Lilli und Jesahja sich an den Mähnen ihrer Ponys festkrallen mussten, um nicht runterzufallen.

»Hiiilfe!«, hörten sie Flecki erneut wiehern. Jetzt klang es noch panischer.

Und auch wenn Lilli es kaum für möglich hielt, legte Boss plötzlich noch einen Zahn zu. Wie eine Rakete stieß er mit ihr durch dichtes Blattwerk auf eine große Lichtung. Was Lilli da sah, ließ sie erschaudern.

Etwas jagte auf Flecki zu. Und dieses Etwas wirkte äußerst gefährlich.

»Ist das ein Wolf?«, rief Jesahja.

Das vermutete Lilli auch. Doch als sie näher kamen, erkannte sie, dass es ein Hund war. Seine Zähne waren aber bestimmt genau so spitz wie die eines Wolfes. Und Flecki wäre ihnen hilflos ausgeliefert. Nicht nur, weil er so klein war, sondern auch, weil er sich in einem Zaun verfangen hatte, der einen jungen Baum schützen sollte. Je mehr er versuchte, sich zu befreien, desto schlimmer schien er sich zu verheddern.

»Ich kriege sie! Ich kriege sie!«, bellte der Hund bedrohlich und hielt weiter auf Flecki zu. »Gleich hab ich sie. Meine Beute! Fette Beute.«

Lilli riss Boss herum. Statt weiter direkt auf Flecki zuzureiten, galoppierte sie nun dem Hund entgegen, dicht gefolgt von Jesahja auf Schorschi.

Bonsai hielt ebenfalls auf ihn zu. Dabei bellte er aus Leibeskräften: »Hey! Hey, Kumpel! Wach auf! Los! Los, wach auf.«

Aber natürlich!, dachte Lilli. Bonsai hatte die Situation auf Anhieb richtig eingeschätzt. Dieser Hund wirkte, als wäre er nicht ganz bei Sinnen, als wäre er völlig abwesend. Er war getrieben. Getrieben von seinem Jagdinstinkt.

Mit heftig pochendem Herzen trieb Lilli Boss noch ein wenig an. Die Erde unter seinen Hufen spritzte nur so auf.

Sie mussten es schaffen. Sie mussten den Hund aufhalten, bevor es zu spät sein würde.

Und dann war es soweit: Schlitternd kamen die Ponys zum Stehen.

Keuchend und mit glühenden Wangen sprangen Lilli und Jesahja ab und stellten sich gerade noch rechtzeitig zwischen Flecki und den Angreifer.

Augenblicklich blieb der Kläffer stehen. So abrupt, als wäre er gegen eine unsichtbare Wand gedonnert. Er schüttelte seinen Kopf, blinzelte ein paarmal und sah Lilli und Jesahja jetzt mit völlig anderem Ausdruck an.

»Haaallöööölle«, bellte er freundlich und wedelte mit dem Schwanz.

»Hallo«, erwiderte Lilli zögerlich. »Du beißt uns jetzt nicht, oder?«

»Ich? Euch beißen? Wie kommst du denn darauf?«

»Du sahst gerade noch ziemlich Angst einflößend aus«, sagte Lilli.

»Echt? Seltsam. Dabei hatte ich nichts Böses

im Sinn. Ich mache hier nur meinen Job«, wuffte er.

»Du bist ein Jagdhund, richtig?«

»Ganz genau. Und das hier ist mein Jagdgebiet. Demnach ist das da auch meine Jagdbeute.«

»Das ist Flecki. Und Flecki ist unser Freund«, erklärte Lilli bestimmt.

»Freund? Also keine Beute«, sagte er, wie zu sich selbst.

»FREUNDE – SIND – KEINE – BEUTE.«

»Jah! Ja, genau«, bestätigte Lilli, während Boss und Schorschi den kleinen Flecki behutsam beschnupperten.

»Hm.« Der Hund schien unterdessen nachzudenken. »Keine Beute – kein Job zu erledigen. Ich hab frei. Hey, Leute! Ich hab frei! Wollen wir spielen?«

»Klaro! Lass uns spielen«, wuffte Bonsai überglücklich.

Während die zwei Hunde ausgelassen miteinander tobten, befreiten Jesahja und Lilli Flecki.

»Tut mir leid. Ich wollte nicht weglaufen«, entschuldigte er sich reuevoll. »Es ist nur so, dass ich – ich wollte nur …«

»Schon gut, Kleiner.« Liebevoll stupste Boss ihn mit der Schnauze an. »Das alles ist mein Fehler. Ich war dir kein gutes Vorbild. Aber das wird sich jetzt ändern. Versprochen«, wieherte er und sah dann Lilli an. »Danke für eure Hilfe.« Er lehnte seinen Kopf gegen den ihren.

»Gern geschehen«, erwiderte sie selig und streichelte seine Backen.

Sie verabschiedeten sich von dem Jagdhund und machten sich auf den Heimweg.

Dort wurden sie schon voller Ungeduld erwartet.

Eng aneinandergedrängt, begrüßte die Herde den kleinen Ausreißer mit liebevollen und sanften Bissen.

»Haha! Das kitzelt«, blubberte Flecki, als überraschend jemand sein Bein leckte. Verwundert schaute er nach unten. Genau wie die anderen.

Dort saß Frau von Schmidt und fragte leicht verwirrt: »Wieso starren mich alle so an? Ist das etwa nicht das gängige Begrüßungsritual der Laufherrschaften?«

Lilli lächelte. In diesem Moment ging knarrend die Scheunentür auf. Gähnend und sich streckend kamen Oma und Brigitte heraus.

»Habt ihr da etwa übernachtet?«, rief Lilli Oma von der Weide aus entgegen.

»War nicht geplant, aber genau so war's. Wir haben bis spät geackert. Dafür sind wir fast fertig. Jetzt brauchen wir nur etwas zu essen. Und dann geht's gleich weiter.«

»Ich mach uns schnell Frühstück«, sagte Brigitte und verschwand im Haus.

Kurz darauf war der Tisch auf der Terrasse gedeckt. Die Leckereien darauf lockten nicht nur die Zweibeiner an. Auch Boss trabte mit seiner Herde herbei.

»Da seid ihr ja. Ich habe mich schon gefragt, wann ihr hier auftauchen würdet.« Brigitte schien sich nicht im Geringsten darüber zu wundern, dass ihre Ponys mal wieder ausgebüxt waren. Aber solange sie auf ihrem eigenen Grundstück blieben, war es wohl nicht so wild.

Brigitte schmunzelte, als Möhrchen sehnsüchtig zu ihrem Marmeladenbrötchen hinübersah.

Lilli und Jesahja wechselten einen verschwörerischen Blick. Genau in diesem Moment konnte sich der kleine Vielfraß nicht mehr beherrschen. Voller Genuss schleckte er die Marmelade von Brigittes Brötchen.

»Meine Ponys …« Sie schüttelte grinsend ihren Schopf. »Nichts als Flausen haben sie im Kopf. Aber wisst ihr was? Ich würde diese Rabauken um nichts auf der Welt ändern wollen.«

»Auf die Ponys!« Lilli hob ihr Glas mit dem Apfelsaft an. Jesahja, Oma und Brigitte taten es ihr gleich.

»Auf die Ponys«, wiederholten sie und stießen laut lachend an.

Sofort erfüllte Lillis Freude die gesamte Umgebung.

Wie zarter Silberregen ergoss sie sich über die Felder und Wiesen. Binnen Sekunden erblühten überall bunte Blumen. Und der Apfelbaum des Nachbars bildete viele neue saftige Äpfel.

Das Mädchen, das

Ein kleiner Esel kommt groß raus
ISBN 978-3-7373-5201-7

Ein Meerschwein ist nicht gern allein
ISBN 978-3-7373-5202-4

Viel Gerenne um eine Henne
ISBN 978-3-7373-5203-1

Ein Nilpferd auf dem Zebrastreifen
ISBN 978-3-7373-5204-8

Extra-Punkte für den Dalmatiner
ISBN 978-3-7373-4052-6

Schwarze Kater bringen Glück
ISBN 978-3-7373-4053-3